音読・暗唱三〇選

声に出して味わう・楽しむ文学の世界

筑波大学附属中学校　国語科　著

東洋館出版社

この冊子の使い方(1)

―この冊子を手にとったみなさんへ―

この冊子には、幅《はば》広い時代から選ばれた日本の詩歌や文章、中国の漢詩・漢文が載《の》せられていま す。どれも声に出して読んでみたい、魅力《みりょく》的な音とリズムをもったものばかりです。現代に生きる私たちは目で読むことに慣れすぎ、もう一つの読み方――音として味わう読み方を忘れがちです。どうぞこの一冊を手にして、文学にふれる新しい楽しさを発見し、そして味わってください。

「新しい」と書きましたが、実は、いにしえに生きた私たちの先輩《せんぱい》は、こんな読み方を「普通《ふつう》に」楽しんでいたのです。でも、みなさんの中には、特に古文や漢文と聞くと、堅《かた》いイメージをもつ人が多いかもしれません。読みにくい、単語の意味がわからない、文法も知らなくては……、現代語訳までするなんて……。でも、本当にそのようなことばかりが大事なのでしょうか。それらが全部きちんとできなければ、「読む」ことにはならないのでしょうか。

まず、この冊子の好きなページを開けて、声に出して読んでみてください。――読みにくいところがありますね。意味もよくわからない……。そんなときには、【注釈《ちゅうしゃく》】に目を通してください。文章のもつイメージが湧《わ》いてくるように、いくつかの説明が書かれています。漢詩文などには【現代語訳】もついていますので、参考にしてください。

さあ、そうしてもう一度、作品を声に出して読んでみましょう。さっき感じられなかったことが、少し感じられませんか。そうしたら【音読・暗唱のポイント】から、文章の味わい方のヒントを得てください。そしてもう一度。今度は、もっとゆっくり読んでください。なんだか、言葉が身体の中に入ってくる気がしませんか。どうでしょう、それは気持ちいいものではありませんか。

そうです。詩歌や文章は、音にすると気持ちのいいものなのです。そして、その世界が見えてくる。感じられる。あんなに難しく思えた古文や漢文からも、自分で想像することのできる風景が浮かんできそうです。さらに【解説】を読み進めれば、作品全体の姿について知ることもできます。

この冊子は、先生が説明を加えつつ、生徒のみなさんに紹介《しょうかい》してくださってもよいし、中学生が自分で読み進めてもよいものです。朗読したり、お気に入りのものが見つかったら暗唱したりしてください。聴きたい人がいたら、その人のために語ってあげるのも素敵《すてき》ですね。みなさん自身に合ったかたちでこの冊子を使い、楽しんでいただきたいと思います。この冊子を手にした多くの中学生が、「音読」を通して、楽しく文学の世界を旅していくことを願っています。

なお、この冊子を作成するにあたり、筑波大学教授の塚田泰彦先生、元筑波大学教授の桑原隆先生にご助言をいただきました。御礼を申し上げます。

この冊子の使い方(2)

―先生方へ。国語の授業を出発点にして―

この冊子を手にするのは、多くの場合、中学生かと思われます。生徒のみなさんがこの冊子を使って、自分の興味に応じ、「自分の声」を味方に、力にして、古典の新しい学びに近づいていけるようにと願ってつくりました。またこの冊子は、先生方が説明を加えつつ、受け持たれる生徒に対してご紹介いただくことも想定しています。「伝統的な言語文化と国語の特質に関する事項」が、新しい『学習指導要領』で位置付けを与えられ、以前にもまして、中学校国語科教育における古典学習への機運が高まっていると思われます。教科書の古典作品の学習と合わせ、それを支え補完する学習材として、中学生の言語生活のパートナーにしていただければ幸いです。

先生方は、学年、発達段階に合った古典の学習法をおもちではないでしょうか。一年生では、まず声に出して読むことを素直に楽しめる生徒の様子が目に浮かびます。それは、この冊子の編集理念として基盤にある言語活動です。日本語における古典的な調べや仮名遣いに慣れて、すらすらと音読ができること。それができたら、まずは大いにほめてあげてください。

例えば先生の範読(最初は、短めに区切って)に続いて、クラス全体での追い読みを。次第に、区切りを少し大きなものにして同様に。慣れてきたら、先生の代わりに生徒を音読のリーダーとして立てて。

正しく音読ができてくると、生徒はだんだんと顔を上げてくると思います。それは、読みにおいて文字に頼らなくなるということです。このことはまた、声に出しながら、古典として意味の通じるところが増えてきているということでもあります。そんな段階（少し言葉の意味を押さえるといいかな……と思われるとき）が来たら、下欄の【注釈】を踏まえて、先生が解説を加えてください。でもこれは、生徒に逐語訳を求めるということではありません。あくまでも「音読」の質を高めるため、生徒が望む音読の向上を手助けするための解説です。主役は生徒。生徒が「声に出して味わう・楽しむため」とお考えください。先生の方で【注釈】を踏まえた口語訳を適宜に区切りながら言い、それに合わせてその部分を生徒が原文で読む、という方法も効果的かと思います。

暗唱を課すことも、有効な古典の学習法と考えられます。前述の「顔が上がってきたとき」、生徒は「もう覚えられるよ」という顔をしていることがありますね。意味内容の理解が不十分であっても、機を見てぜひ、「この文章は暗唱！」と投げかけてみてください。この冊子にはそこそこの長文もありますが、却ってそんな難しい課題に燃える中学生もいます。「覚えられたら、先生のところに来てトライしてみてね」「ぜひ、次の時間の最初に、クラスで発表してみて」などとして学習意欲を高めることができると思います。（少し大変かもしれませんが、「福原落」（『平家物語』）などは、格好の暗誦課題と思われます。）

【音読のポイント】【解説】についても、「作品の内容理解のため」を主眼としてではなく、「音読の向上のため」にお使いいただければと考えています。本冊子の特徴は、「三十選」という、多くはない厳選された作品を、繰り返し、場を変えて、方法を変えて「音読する」ことによって、古来の文学・学問の世界の入口に、生徒たちを導いていけるように編集されていることです。曜日を決めた授業の最初の十分間（帯単元）などを活用したり、長期休みや通学の時間といった生徒の生活の中に、古典学習の糸をつなげてくだされば幸いです。多くの中学生がこの冊子を手にし、声にする時を重ね、冊子を文字通り手垢で汚していき、中学三年を終えるときには、この中にある先人の思いや考え方を「音と共に」身近なものにして、古典的な教養をもって次なる学びのステップに進んでいくことを願っています。

●目次● 音読・暗唱三〇選―声に出して味わう・楽しむ文学の世界―

現代文編

古文編

漢文編

現代文編

「文学を味わう」とは、文字として記されている言葉の意味を理解するということでは必ずしもありません。文字としては書き表されていない行間の世界に遊んで、想像の翼《つばさ》を広げることにこそ本当の面白さがあるのです。私たち日本人が長く愛し読み継《つ》いできた文学作品は、そうした面白さをふんだんに備えています。声に出して読みながら存分に味わってください。

ここでは、明治以降に発表された小説・詩・短歌・俳句を「現代文」として紹介《しょうかい》しています。このうち小説は、より内容に親しみやすいように新しい仮名遣《づか》いで書き、詩歌は作品がもっている元々の調べが味わえるように古い仮名遣いで表しています。

吾輩《わがはい》は猫《ねこ》である

夏目漱石《なつめそうせき》

吾輩は猫である。名前はまだない。

どこで生まれたかとんと見当がつかぬ。何でも薄暗《うすぐら》いじめじめした所でニャーニャー泣いていたことだけは記憶《きおく》している。吾輩はここで始めて人間というものを見た。しかもあとで聞くとそれは書生という人間中で一番獰悪《どうあく》な種族であったそうだ。この書生というのは時々我々を捕《つか》まえて煮《に》て食うという話である。しかしその当時は何という考えもなかったから別段恐《おそ》ろしいとも思わなかった。ただ彼の掌《てのひら》に載《の》せられてスーと持ち上げられた時何だかフワフワした感じがあったばかりである。掌の上で少し落ち付いて書生の顔を見たのがいわゆる人間というものの見始めであろう。この時妙《みょう》なものだと思った感じが今でも残っている。

音読・暗唱のポイント

語り手の猫が「……である」「……ない」と断定的な調子で語っているところが特徴《とくちょう》です。自分のことを「吾輩」と呼ぶいかめしい感じを意識しながら読んでみるといいでしょう。

解説

明治の文豪《ぶんごう》夏目漱石が世間に知られるようになった小説は、猫が語り手で、その猫の目を通して人間世界の悲喜劇が皮肉たっぷりに描《えが》かれていくという、風変わりな作品でした。「吾輩は猫である。名前はまだない。」という書き出しは、特に有名です。

町を闊歩《かっぽ》する猫たちの目に私たち人間の姿はどのように映っているのでしょう。少し心配になりますね。

作者は、そんな私たちを今でもいたずらっぽく笑いながら見ているのかもしれません。

野《の》菊《ぎく》の墓

伊《い》藤《とう》左《さ》千《ち》夫《お》

後《のち》の月という時分が来ると、どうも思わずにはいられない。幼いわけとは思うがなにぶんにも忘れることが出来ない。最早《もう》十年余《よ》も過ぎ去った昔のことであるから、細かい事実は多くは覚えていないけれど、心持ちだけは今なお昨日のごとく、その時のことを考えてると、全く当時の心持ちに立ち返って、涙《なみだ》がとめどなく湧《わ》くのである。悲しくもあり楽しくもありというような状態《ありさま》で、忘れようと思うこともないではないが、むしろ繰《く》り返し繰り返し、考えては、夢《む》幻的《げんてき》の興味を貪《むさぼ》っていることが多い、そんなわけからちょっと物に書いておこうかという気になったのである。

音読・暗唱のポイント

右の文章は、大人になったかつての少年が若き日を振《ふ》り返って物語っていく、作品の冒頭部にあたります。彼はどんな気持ちで「なにぶんにも忘れることが出来ない」過去を思い出しているのでしょう。忘れたくても忘れられない「繰り返し繰り返し」心に思い浮《う》かべるような、大切な思いがそこにはあるはずです。淡々《たんたん》とした調子で語りながら、深い思いを秘めている。そんな語り手の心情を想像しながら読んでみましょう。

解説

『野菊の墓』は、明治時代の有名な歌人であった伊藤左千夫が初めて書いた小説で、彼の代表作でもあります。千葉県の農村を舞台《ぶたい》に、十代半ばの男女の恋と悲しい結末が描《えが》かれます。題名の「野菊」は、主人公が少女を野菊の花にたとえて呼んだことにちなんでいます。「後の月」とは、陰暦《いんれき》の九月十三日、その野菊のエピソードがあった日なのです。

伊豆《いず》の踊子《おどりこ》

川端康成《かわばたやすなり》

道がつづら折りになって、いよいよ天城峠《あまぎとうげ》に近づいたと思うころ、雨足が杉《すぎ》の密林を白く染めながら、すさまじい早さで麓《ふもと》から私を追って来た。私は二十歳《はたち》、高等学校の制帽《せいぼう》をかぶり、紺飛白《こんがすり》の着物に袴《はかま》をはき、学生カバンを肩《かた》にかけていた。一人伊豆の旅に出てから四日目のことだった。修善寺《しゅぜんじ》温泉に一夜泊《と》まり、湯ケ島温泉に二夜泊まり、そして朴歯《ほおば》の高下駄《たかげた》で天城を登ってきたのだった。重なり合った山々や原生林や深い渓谷《けいこく》の秋に見とれながらも、私は一つの期待に胸をときめかして道を急いでいるのだった。そのうちに大粒《おおつぶ》の雨が私を打ち始めた。折れ曲がった急な坂道を駆《か》け登った。ようやく峠の北口の茶屋にたどりついてほっとすると同時に、私はその入口で立ちすくんでしまった。あまりに期待がみごとに的中したからである。そこに旅芸人の一行が休んでいたのだ。

音読・暗唱のポイント

田舎《いなか》を旅したことはありますか。伊豆地方は、古くから多くの文学者に愛された自然が残っている土地です。温暖で過ごしやすいということもありますが、何か文学者をひきつけるような趣《おもむき》のある場所だったのでしょう。雨にけむる伊豆の山々の風景を思い浮《う》かべながら読んでみましょう。

解説

川端康成の『伊豆の踊子』は、伊豆地方を旅する旧制高等学校三年の主人公と、偶然《ぐうぜん》道連れになった旅芸人の少女との淡《あわ》い恋心と切ない別れを描《えが》いた作品です。右の冒頭《ぼうとう》部分は、旅芸人の一行を追いかける主人公が天城峠で雨に降られる場面で、読者をいきなり作品世界に引き込《こ》むような魅力《みりょく》をもった有名な書き出しになっています。

銀河鉄道の夜

宮沢賢治《みやざわけんじ》

「ではみなさんは、そういうふうに川だと言われたり、乳《ちち》の流れたあとだと言われたりしていたこのぼんやりと白いものがほんとうは何かご承知ですか。」先生は、黒板につるした大きな黒い星座の図の、上から下へ白くけぶった銀河帯のようなところを指しながら、みんなに問いをかけました。

カムパネルラが手をあげました。それから四五人手をあげました。ジョバンニも手をあげようとして、急いでそのままやめました。たしかにあれがみんな星だと、いつか雑誌で読んだのでしたが、このごろはジョバンニはまるで毎日教室でもねむく、本を読むひまも読む本もないので、なんだかどんなこともよくわからないという気持ちがするのでした。

ところが先生は早くもそれを見附けたのでした。

「ジョバンニさん。あなたはわかっているのでしょう。」

ジョバンニは勢いよく立ちあがりましたが、立って見るともうはっきりとそれを答えることができないのでした。ザネリが前の席からふりかえって、ジョバンニを見てくすっとわらいました。ジョバンニはもうどぎまぎしてまっ赤になってしまいました。先生がまたいいました。

「大きな望遠鏡で銀河をよっく調べると銀河は大体何でしょう。」

やっぱり星だとジョバンニは思いましたがこんどもすぐに答えることができませんでした。

先生はしばらく困ったようすでしたが、眼《め》をカムパネルラの方へ向けて、

「ではカムパネルラさん。」と名指しました。するとあんなに元気に手をあげたカムパネルラが、やはりもじもじ立ち上がったままやはり答えができません

でした。

先生は意外なようにしばらくじっとカムパネルラを見ていましたが、急いで
「では。よし。」といいながら、自分で星図を指しました。

「このぼんやりと白い銀河を大きないい望遠鏡で見ますと、もうたくさんの小さな星に見えるのです。ジョバンニさんそうでしょう。」

ジョバンニはまっ赤になってうなずきました。けれどもいつかジョバンニの眼のなかには涙《なみだ》がいっぱいになりました。

音読・暗唱のポイント

右の本文は物語の始まりから少し長めに引用してあります。まだ銀河の旅に出る前、現実の学校の教室での場面で主人公が先生から銀河のことを問われて答えられずに困っている様子が描《えが》かれています。主人公の胸の内を優《やさ》しく思いやってあげるような気持ちで音読してみましょう。

解説

『銀河鉄道の夜』は、宮沢賢治が書いた、とても美しい童話です。

主人公ジョバンニは、孤独《こどく》な悲しみを抱《かか》えている少年です。父は遠くに行っていて、病気の母を助けて自分で働きながら学校に通っているのです。銀河祭りの日、ジョバンニはただ一人の友達カムパネルラと、銀河鉄道に乗って不思議な旅に出かけることになります。その旅の結末は――。ぜひ全文を読んでみてほしい作品です。

島

伊良子清白《いらこせいはく》

黒潮《くろじお》の流れてはしる
沖中《おきなか》に漂《ただよ》ふ島は

眠《ねむ》りたる巨人《きょじん》ならずや
頭《かしら》のみ波にいだして

峨々《がが》として岩重《いわかさな》れば
目や鼻や顔なぞ奇《き》なる

裸々《らら》として木をかう《コウ》ぶらず
そびえたる頂高し

鳥鳴くも魚群れ飛ぶも
雨降るも日の出《い》で入《い》るも

青空も大海原《おおうなばら》も
春と夏秋と冬も

眠りたる巨人は知らず
幾千年《いくちとせ》頑《がん》たり崿《がく》たり

音読・暗唱のポイント

ここからは詩を取り上げていきます。作者は海に浮《う》かぶ島の姿を「眠りたる巨人」とたとえ、その姿を揺《ゆ》るぎない孤高《ここう》のものとしてありありと描《えが》き出しています。特に後半で「……も」と繰り返して畳《たた》みかけるような表現は、この詩のクライマックスとして迫力《はくりょく》があります。力強く読み上げるようにしましょう。

解説

詩人伊良子清白（名はすずしろとも言う）は、明治時代に医業のかたわら詩作を行いました。一九〇六年に出した『孔雀船《くじゃくぶね》』が唯一《ゆいいつ》の詩集です。

落葉松《からまつ》

北原白秋《きたはらはくしゅう》

一

からまつの林を過ぎて、
からまつをしみじみと見き。
からまつはさびしかりけり。
たびゆくはさびしかりけり。

二

からまつの林を出《い》でて、
からまつの林に入《い》りぬ。
からまつの林に入りて、
また細く道はつづけり。

三

からまつの林の奥《おく》も
わが通る道はありけり。
霧雨《きりさめ》のかかる道なり。
山風のかよふ《ウ》道なり。

四

からまつの林の道は
われのみか、ひともかよひ《イ》ぬ。
ほそぼそと通ふ《ウ》道なり。
さびさびといそぐ道なり。

五

からまつの林を過ぎて、
ゆゑ《エ》しらず歩みひそめつ。
からまつはさびしかりけり。
からまつとささやきにけり。

六

からまつの林を出でて、
浅間嶺《あさまね》にけぶり立つ見つ。
浅間嶺にけぶり立つ見つ。
からまつのまたそのうへ《エ》に。

七

からまつの林の雨は
さびしけどいよよしづけし。
かんこ鳥鳴けるのみなる。
からまつの濡《ぬ》るるのみなる。

八

世の中よ、あは《ワ》れなりけり。
常《つね》なけどうれしかりけり。
山川に山がは《ワ》の音、
からまつにからまつのかぜ。

音読・暗唱のポイント

行末に「……けり」が繰《く》り返されています。この詩の淡々《たんたん》としたリズムを生んでいる繰り返しなのですが、それぞれの「……けり」に込《こ》められた作者の気持ちは少しずつ違《ちが》っているはずです。「……けり」に込められた気持ちを想像しながら音読してみましょう。

解説

北原白秋は、明治から大正にかけて、多くの美しい詩や童謡《どうよう》の歌詞、短歌を世に送りました。「落葉松」は白秋が長野滞在《たいざい》中に作ったとされる一九二一年の作品です。

落葉松は、その名のとおり、松の一種の針葉樹でありながら冬に落葉する樹木です。高地にある落葉松林は、秋になると林全体が黄葉し、日に照らされて美しい姿を見せてくれます。ところが、作者がこの詩に描いている落葉松林は、霧雨の降り続くなかに静かにたたずんでいる、むしろ寂しげな様子に描かれています。林の中の細い道を霧雨に濡《ぬ》れながら通り抜《ぬ》けた後、雨にけむる浅間山の姿を見ます。そのとき、作者は世の中の「あはれ」を感じ、またそれを「うれしかりけり」とうたっています。

小《こ》諸《もろ》なる古《こ》城《じょう》のほとり

島《しま》崎《ざき》藤《とう》村《そん》

小諸なる古城のほとり
雲白く遊子《ゆうし》悲しむ
緑なすはこべは萌《も》えず
若草も藉《し》くによしなし
しろがねのふすまの岡辺《おかべ》
日に溶《と》けて淡雪《あわゆき》流る

あたたかき光はあれど
野に満《み》つる香《かおり》も知らず

浅《あさ》くのみ春は霞《かす》みて
麦の色は《ハ》づ《ズ》かに青し
旅人の群れはいくつか
畠中《はたなか》の道を急ぎぬ

暮れ行《ゆ》けば浅間《あさま》も見えず
歌かなし佐久《さく》の草笛
千曲川《ちくまがわ》いざよふ《ウ》波の
岸近き宿にのぼりつ
濁《にご》り酒《ざけ》濁れる飲みて
草枕《くさまくら》しばしなぐさむ

音読・暗唱のポイント

この詩は、「雲白く遊子悲しむ」と二行目にあるように、自己の人生を「遊子」すなわち旅人の悲しみにたとえてうたわれているものです。文語を使った五七調のリズムがもの悲しさを醸《かも》し出しています。そんな哀感《あいかん》をかみしめるように読んでみましょう。

解説

島崎藤村は、明治から昭和にかけて長く活躍《かつやく》した詩人・小説家です。その青春時代を関西や東北と漂泊《ひょうはく》の日々を過ごした後、藤村は二十代後半に、今の長野県・小諸に教師として赴任しました。千曲川のほとりの自然を目にしながら、校務の余暇《よか》に畑作に従事し、自己を振り返る日々を送りました。第一連に歌われている雲や雪の白色は、鮮やかに輝くのでなく、あてどなくさすらう自己の沈んだ心が宿るような、くすんだ色として作者の目に映っているはずです。早春の野の光景は、そんな作者の心をなぐさめることなく、千曲川のほとりの宿にわずかな安らぎを求めようとしているのです。

荒《こう》城《じょう》の月

土《ど》井《い》晩《ばん》翠《すい》

春高楼《こうろう》の花の宴《えん》
めぐる盃《さかずき》影《かげ》さして
千代《ちよ》の松が枝《え》わけ出《い》でし
むかしの光いまいづ《ズ》こ。

秋陣営《じんえい》の霜《しも》の色
鳴き行《ゆ》く雁《かり》の数見せて
植うるつるぎに照りそひ《イ》し
むかしの光いまいづこ。

いま荒城のよは《ワ》の月
変は《ワ》らぬ光たがためぞ
垣《かき》に残るはただかづら
松に歌《うと》ふ《ウ》はただあらし。

天上影は変らねど
栄《えい》枯《こ》は移る世の姿
写さんとてか今もなほ《オ》
あ、荒城の夜《よ》半《わ》の月。

音読・暗唱のポイント

「荒城の月」の舞台《ぶたい》は、会津若松《あいづわかまつ》の鶴ヶ城《つるがじょう》です。ここでの戦《いくさ》から十数年後に訪《おとず》れた土井晩翠は、荒《あ》れ果てた城址《じょうし》を目《ま》の当たりにして、歴史の無常を痛感し、この詩を作りました。悲しくも力強い調べを味わうように読んでみましょう。

解説

土井晩翠の詩に滝廉太郎《たきれんたろう》が作曲をした「荒城の月」は、国民的な歌曲として今日でも広く親しまれています。

慶応四年、幕府軍に味方した会津藩《はん》は、官軍と戦い、鶴ヶ城に立てこもりましたが、敗れました。このとき、飯盛山《いいもりやま》で自害した白虎隊の悲劇はよく知られています。

短歌四首

白鳥《しらとり》は哀《かな》しからずや空の青海のあを《オ》にも染まずただよふ《ウ》

若《わか》山《やま》牧《ぼく》水《すい》

幾山河《いくやまかわ》越《こ》えさり行《ゆ》かば寂《さび》しさのはてなむ《ン》国ぞ今日も旅ゆく

若山牧水

こころよく
我にはたらく仕事あれ
それを仕《し》遂《と》げて死なむ《ン》と思ふ《ウ》

石川啄木《いしかわたくぼく》

ふるさとの山に向ひ《イ》て
言ふ《ウ》ことなし
ふるさとの山はありがたきかな

石川啄木

音読・暗唱のポイント

　短歌は、古い日本の和歌の伝統を現代に伝える文学です。五七五七七の韻律《いんりつ》にのせて日本文学固有の情緒《じょうちょ》が表現されています。何度も声に出して暗唱するつもりで読んでみましょう。

解説

　若山牧水は、宮崎県に生まれ主に大正時代に活躍《かつやく》した歌人です。旅と酒を愛し、旅先で目にした自然をロマンチックに歌い上げました。ここでは、そんな作者の「旅行く思い」を歌った二首を取り上げました。

　石川啄木は、明治の終わり頃《ごろ》、文学を志して故郷の盛岡から上京します。しかし、若き天才は常に現実の労苦に悩《なや》まされ、流浪《るろう》の日々を送ることになります。そうした自らの生活体験をもとにして作られた啄木の短歌は、三行書きの特異な表記法によって世に著《あらわ》され、当時の若者に迎えられました。「はたらく」ことに対する誠実な思い、そして「ふるさとの山」を「ありがたき」と敬慕する思いは、いまの時代だからこそ温かく響くものでもあります。

俳句四句

野に出れば人みなやさし桃《もも》の花

高《たか》野《の》素《す》十《じゅう》

万緑《ばんりょく》の中や吾子《あこ》の歯生え初《そ》むる

中《なか》村《むら》草《くさ》田《た》男《お》

赤蜻蛉《あかとんぼ》筑波《つくば》に雲もなかりけり

正《まさ》岡《おか》子《し》規《き》

除夜《じょや》の鐘《かね》幾谷《いくたに》こゆる雪の闇《やみ》

飯《いい》田《だ》蛇《だ》笏《こつ》

音読・暗唱のポイント

「俳句四句」では、順に春夏秋冬の俳句を一つずつ取り上げてあります。どれも私たち日本人の日常生活に身近な情緒《じょうちょ》が題材となっていますので、容易に情景が浮《う》かんでくるでしょう。繰り返し音読して暗唱するようにしてみましょう。

解説

俳句は、日本の和歌の伝統から生まれた比較《ひかく》的新しい文学です。短歌よりもさらにコンパクトな五七五の韻律《いんりつ》に季節感を表す季語を詠《よ》み込むという約束があります。四季の豊かな風物や伝統に恵《めぐ》まれているこの国らしい文学といえるでしょう。

春の句では、暖かな春の日差しのなかで人の心を和ませる桃の花の淡い色を思い浮かべてみましょう。

夏の句では、青々とした緑の季節を舞台に、幼い我が子の成長を喜ぶ父親の姿が詠まれ、秋の句では、秋晴れのやや冷たい上空を悠々と飛ぶ赤とんぼの姿が詠まれています。

最後に冬の句では、雪国の大晦日《みそか》に静かに遠く響くような除夜の鐘の音を耳に甦らせてみましょう。

古文編

文学をどう味わうか。

印刷技術の発達した現代では、書かれているものを黙《だま》って読むという味わい方が多いでしょう。しかし、文学の歴史をさかのぼると、ほかの人が声に出したものを味わうという形が多くとられています。ほかの人から聞いたものを暗唱し、別の人に語り聞かせていくという形でしか、文学が存在しなかった時代もあります。

古文は、そんな時代の記憶《きおく》を色濃《こ》くもった文学です。声に出して読んでみましょう。暗唱してみましょう。目を閉じて、ほかの人の語りを聞いてみましょう。文学の、はじめのあり方にかえって。

おくのほそ道

松《まつ》尾《を》《オ》芭《ば》蕉《せう》《ショウ》

山形領に立石寺《りふしやくじ》《リユウシャク》といふ《ウ》山寺《やまでら》あり。慈覚大師《じかくだいし》の開基《かいき》にして、ことに清閑《せいかん》の地なり。一見《いつけん》《イッ》すべきよし、人々の勧《すす》むるによりて、尾《を》《オ》花《ばね》沢《ざは》《ワ》よりとつて《トッテ》返し、その間《あひ》《イ》七里ばかりなり。日いまだ暮れず。麓《ふもと》の坊《ばう》《ボウ》に宿かり置きて、山上《さんじやう》《ジョウ》の堂に登る。岩に巌《いはほ》《ワオ》を重ねて山とし、松柏《しやうはく》《ショウ》年旧《ふ》り、土石《どせき》老いて、苔《こけ》なめらかに、岩上《がんしやう》《ショウ》の院《ゐん》《イ》々扉《とびら》を閉ぢて、物の音聞こえず。岸をめぐり岩を這《は》ひ《イ》て、仏閣《ぶつかく》を拝《はい》し、佳景寂寞《かけいじやくまく》《ジャク》として、心澄《す》みゆくのみ覚《おぼ》ゆ。

閑《しづ》かさや岩にしみ入《い》る蟬《せみ》の声　（立石寺）

注釈

慈覚大師　（七九四～八六四）円仁。天台宗山門派の祖。
開基　寺院を創建すること。また、その人。
清閑　清らかで静かなこと。
一見すべきよし～ばかりなり。　一度見たほうがよいと皆《みな》に勧められ、尾花沢《おばなざわ》から七里の道のりをわざわざ引き返している。
坊　宿坊。寺院に参詣《さんけい》した人が宿泊《しゅくはく》する施設《しせつ》。
松柏　マツ、ヒノキなどの常緑樹。
佳景　よい景色。
寂寞　ものさびしく、ひっそりとしていること。

音読・暗唱のポイント

漢語を多く用いた簡潔な文体です。歯切れよく読みましょう。

静まりかえった境内《けいだい》の様子を思い浮《う》かべてみましょう。蟬の声は、岩だけでなく、作者や読み手の心の中にもしみ入ってくるかのようです。視覚と聴覚《ちょうかく》を働かせ、作者が見たであろう情景を想像しながら、気持ちを込《こ》めて読みましょう。

解説

松尾芭蕉（一六四四〜一六九四）は、元禄《げんろく》二（一六八九）年、四十六歳《さい》のとき、門人《もんじん》の河合曾良《かわいそら》を伴《ともな》って「おくのほそ道」の旅に出ました。江戸を出発し、奥州《おうしゅう》・北陸各地を巡って美濃《みの》国（岐阜県）大垣《おおがき》に到着《とうちゃく》するまでの、全行程約二四〇〇キロメートル、五か月余りに及《およ》ぶ長旅です。

山形県の立石寺（通称は山寺）を訪《おとず》れたのは、出発して二か月後の旧暦《きゅうれき》五月二十七日（現在の七月十三日）のことです。切り立った岩々の上を目指し、ふもとから一歩一歩石段を登っていきます。境内のマツやヒノキは老木で、苔むした土や石は古びていて風情《ふぜい》が感じられます。ようやく本堂にたどり着くと、それまでの苦労が報《むく》われるような素晴《すば》らしい眺《なが》めです。人影《ひとかげ》もなくひっそりと静まりかえった境内には、涼《すず》しげな蟬の鳴き声だけが響《ひび》きわたり、心が洗われるようです。

平家物語

あけぬれば、福原の内裏《だいり》に火をかけて、主上《しゆしやう》《ショウ》をはじめ奉《たてまつ》りて、人々みな御舟《おふね》に召《め》す。都を立ちし程《ほど》こそなけれども、是《これ》も名残《なごり》は惜《を》《オ》しかりけり。海人《あま》のたく藻《も》の夕《ゆふ》《ウ》煙《けぶり》、尾上《をのへ》《オエ》の鹿《しか》の暁《あかつき》の声、渚々《なぎさなぎさ》に寄する浪《なみ》の音、袖《そで》に宿かる月の影《かげ》、千《ち》草《くさ》にすだく蟋蟀《しつそつ》《シツ》のきりぎりす、すべて目に見え耳にふるる事、一つとして哀《あは》《ワ》れをもよほ《オ》し、心をいたましめずといふ《ウ》事なし。昨日は東関《とうくわん》《カン》の麓《ふもと》にくつばみをならべて十万余騎《き》、今日は西海《さいかい》の浪に纜《ともづな》をといて七千余人、雲海沈々《うんかいちんちん》として、

注釈

福原の内裏　平家一門が一時期都として定めていた福原（今の神戸市）の御殿《ごてん》。

主上　安徳天皇（一一七八～一一八五）のこと。三歳《さい》で即位《そくい》したが八歳で平家一門とともに入水《じゆすい》した。

くつばみ　馬のくつわ。

纜　舟をつなぎとめる綱《つな》。

青天《せいてん》既《すで》に暮れなんとす。孤《こ》島《たう》《トウ》に夕霧《せきぶ》隔《へだ》てて、月海上《かいしやう》《ショウ》にうかべり。極《きよく》《キョク》浦《ほ》の浪をわけ、塩にひかれて行く舟は、半天《はんでん》の雲にさかのぼる。日かずふれば、都は既に山川《さんせん》程を隔《へだ》てて、雲《くも》居《ゐ》《イ》のよそにぞなりにける。はるばるきぬと思ふ《ウ》にも、ただつきせぬ物は涙《なみだ》なり。浪の上に白き鳥のむれゐ《イ》るを見給《たま》ひ《イ》ては、「かれならん、在原《ありはら》《ワ》のなにがしの、隅田《すみだ》川にてこと問ひ《イ》けん、名もむつましき都鳥《みやこどり》にや」と哀《あは》《ワ》れなり。

寿永《じゆえい》二年七月廿《にじふ》《ニジュウ》五日に平家都を落ちはてぬ。

（巻第七　福原落）

極浦　遠い浦《うら》。

半天　中空。

日かずふれば　日数がたつこと。

はるばるきぬと～と哀れなり。『伊勢物語』九段にある在原業平《ありわらのなりひら》の和歌や都鳥についての話を踏《ふ》まえた表現。

寿永二年　一一八三年。七月二十五日は福原落の日ではなく、平家一門が京の都を発《た》った日。

音読・暗唱のポイント

「昨日は東関の麓にくつばみをならべて十万余騎」「今日は西海の浪に纜をといて七千余人」に見られるような対句《ついく》表現を味わいながら読みましょう。また、七五調のリズムも意識してみましょう。

視覚以外にも、夕煙では嗅覚《きゅうかく》、鹿の声や波の音、虫の音《ね》では聴覚《ちょうかく》、揺《ゆ》れる舟の感覚などを通して情景描写《びょうしゃ》がなされています。五感を働かせ、平家の人々が見たであろう情景を想像しながら、読み味わいましょう。

解説

『平家物語』は、平家一門の繁栄《はんえい》から没落《ぼつらく》までを描《えが》いた軍記物語の代表作です。勢い盛《さか》んな者も必ず衰《おとろ》えるという、仏教的な無常観《むじょうかん》が色濃《こ》く反映された作品です。琵琶《びわ》法師による琵琶の弾《ひ》き語りによって語り伝えられ、人々に広く親しまれてきました。簡潔で力強い調子の漢文と和文とを織り交ぜた文体は、和漢混淆文《わかんこんこうぶん》と呼ばれています。

「福原落」は『平家物語』の中でも特に格調高く、哀調《あいちょう》を帯びた名文として知られています。かつては栄華《えいが》を誇《ほこ》った平家の人々が、京の都を離《はな》れ西へ西へと逃《のが》れていく途中《とちゅう》、懐《なつ》かしい福原の地に一泊します。夜が明けて一同は船に乗り込《こ》み、さらに西へと落ちのびていきます。季節は秋の初め、波の音・月の光・虫の音色など、見聞きするものすべてがもの悲しく、名残惜しく感じられます。波間に漂《ただよ》う人々の心細さは、平家一門の悲劇的な運命を予感させます。この場面は、流れるような七五調のリズムや巧《たく》みな対句表現によって見事な描写がなされ、感慨《かんがい》深い一節となっています。

徒《つれ》然《づれ》草《ぐさ》

兼《けん》好《かう》《コウ》法《ほふ》《ウ》師《し》

「奥山に、猫《ねこ》またといふ《ウ》ものありて、人を食らふ《ラ（ロ）》《ウ》なる」と、人の言ひ《イ》けるに、「山ならねども、これらにも、猫の経《へ》あがりて、猫またに成《な》りて、人とることはあなる《アンナル》ものを」と言ふ《ウ》者ありけるを、何《なに》阿《あ》弥《み》陀《だ》仏《ぶつ》とかや、連《れん》歌《が》しける法師の、行《ぎやう》《ギョウ》願《ぐわん》《ガン》寺《じ》のほとりにありけるが聞きて、ひとり歩《あり》かん身は、心《こころ》すべきことにこそと思ひ《イ》けるころしも、ある所にて夜《よ》ふくるまで連歌して、ただひとり帰りけるに、小《こ》川《がは》《ワ》の端《はた》にて、音に聞きし猫また、あやまたず足許《もと》へふと寄り来て、やがてかきつくままに、頸《くび》のほどを食《く》は《ワ》んとす。

注釈

猫また　年老いて尾《お》が二つに割れた化け猫。

食らふなる　食うそうだ。

山ならねども、これらにも　山でなくても、この辺りにも。

何阿弥陀仏とかや　某《なにがし》阿弥陀仏とかいう。法師の名ははっきりと書かれていない。

連歌　複数の人が和歌の上の句（五七五）と下の句（七七）を交互に詠《よ》みついでいく詩歌の形態。『徒然草』が書かれた時代には、賞品を賭《か》けて行う連歌が流

肝心《きもごころ(こ)》も失せて、防がんとするに、力もなく足も立たず、小川へ転び入《い》りて、「助けよや、猫また、よやよや」と叫《さけ》べば、家々より松どもともして走り寄りて見れば、このわたりに見知れる僧《そう》なり。「こは《ワ》如何《いか》に」とて、川の中より抱《いだ》き起こしたれば、連歌の賭物《かけもの》取りて、扇《オウギあふぎ》・小箱など懐《ふところ》に持ちたりけるも、水に入《い》りぬ。希有《けう》にして助かりたるさまにて、はふはふ《ホウホウ》家に入《い》りにけり。

飼ひ《イ》ける犬の、暗けれど主《ぬし》を知りて、飛び付きたりけるとぞ。

(第八十九段)

行していた。

心す　用心する。

音に聞きし　うわさに聞いていた。

松ども　たいまつ。

こは如何に　これはどうしたことか。

希有にして　やっとのことで。

はふはふ　はうようにして。

音読・暗唱のポイント

会話文や法師の考えの部分（ひとり歩かん身は、心すべきことにこそ）は、それぞれの気持ちを込《こ》めて読みましょう。

「あなる」は「あんなる」と「ん」を補って読みます。

「小川の端にて～」以降の部分は、暗闇《くらやみ》の中で法師が「猫また」に襲《おそ》われる場面なので、緊迫《きんぱく》感の感じられる読み方をするとよいでしょう。例えば、「『助けよや、～』」は、法師が実際に助けを呼んでいるように読みます。

「飼ひける～」は「猫また」の正体が明かされる一文なので、直前の部分とは少し間をあけて読みます。

解説

『徒然草』は、今から約七〇〇年前の鎌倉《かまくら》末期から南北朝時代にかけて生きた兼好法師が残した随筆《ずいひつ》です。兼好は、幅広い教養と豊かな人生経験に基《もと》づく優《すぐ》れた観察力と鋭《するど》い洞察《どうさつ》力をもって、社会・人間・自然や有職故実《ゆうそくこじつ》（朝廷《ちょうてい》や公家《くげ》の制度・儀礼《ぎれい》に関するしきたりや慣例《かんれい》）など多方面にわたる事柄《ことがら》について書き留めています。

第八十九段は、ある法師のエピソードです。人を食うという「猫また」のうわさを耳にし、用心しなくてはと思っていた矢先、夜更《よふ》けまで連歌を楽しんだ帰り道に、恐れていた化け猫に襲われてしまいます。のど元に食いつかれそうになるのを必死に防ごうとする法師。はずみで小川に転落し、せっかく手にした賞品も水につかってしまいました。人々に助けられて何とか命拾いし、ほうほうの体《てい》で家にたどり着きます。あわてふためく法師の描写《びょうしゃ》は、実に臨場《りんじょう》感にあふれています。ところが、化け猫だとばかり思っていたのは、なんと自分の飼い犬であったという意外な展開。兼好自身のコメントは書かれていませんが、出家した身でありながら賭け連歌にうつつを抜《ぬ》かしていたこの法師に対する強烈《きょうれつ》な批判精神を感じ取ることができます。同時に、この失敗談は、人間とは思い込《こ》みによって冷静な判断力を失ってしまう存在であることをも物語っています。

猫また

枕《まくらの》草《そう》子《し》

清《せい》少《せうショウ》納《な》言《ごん》

　五月《さつき》ばかりなどに山里にありく、いとを《オ》かし。草葉も水もいと青く見えわたりたるに、上《うへエ》はつれなくて、草生《お》ひ《イ》しげりたるを、ながながと、たたざまに行けば、下はえならざりける水の、深くはあらねど、人などの歩むに、走りあがりたる、いとを《オ》かし。

　左右《ひだりみぎ》にある垣《かき》にあるものの枝などの車の屋形《やかた》などにさし入《い》るを、いそぎてとらへ《エ》て折らむ《ン》とするほどに、ふと過ぎてはづれたるこそ、いとくちを《オ》しけれ。蓬《よもぎ》の、車に押《お》しひしがれたりけるが、輪《わ》の廻《まはワ》りたるに、近《ちかコ》ううちかかりたるもを《オ》かし。

（第二〇七段）

注釈

ありく　動き回る意だが、ここでは牛車《ぎっしゃ》（牛に引かせて運行する乗り物）に乗って散策することを指す。

いと　たいそう。

をかし　趣《おもむき》がある。

見えわたりたる　一面に見えている。

たたざまに　まっすぐに。

えならざりける　思いもよらない（深さの）。

人などの歩む　供の者などは牛車でなく徒歩で行く。

くちをしけれ　残念である。

蓬　山野に自生するキク科の植物。

音読・暗唱のポイント

「をかし」「くちをしけれ」は、作者の好みや考えを示す重要な言葉です。作者がどのようなことを「をかし」（＝趣がある）、「くちをし」（＝残念である）と感じているか、情景を思い浮《う》かべながら読みましょう。

解説

『枕草子』は、平安時代中期の女流文学者、清少納言によって書かれた日本古典を代表する随《ずい》筆《ひっ》です。一条天皇の中宮（のちに皇后）藤原定子《ふじわらのていし》（九七六～一〇〇〇）に仕えた宮廷《きゅうてい》生活の中で、女性ならではの豊かで鋭《するど》い感性と優《すぐ》れた文才を発揮《はっき》し、自然や人事に関して見聞きしたことに対する印象を、簡潔《かんけつ》な文体でつづりました。趣があると感じた事物は「をかし」と表現されており、作者の好みを読み取ることができます。

この章段では、新緑の美しい初夏の季節に牛車で外出した作者が目にした光景を、五感を駆使《くし》して表現しています。供の者の足下から勢いよく跳《は》ね上がる水しぶき、牛車のすき間から入り込《こ》んできた左右の垣根《かきね》の枝、押しつぶされ車輪に付着して回《まわ》っているヨモギから立ち上るすがすがしい香《かお》り。何げない一瞬《いっしゅん》の光景が鋭い観察眼で描写《びょうしゃ》され、鮮《あざ》やかによみがえります。読み手も実際に山里を散策しているような気分になってきます。

小倉百人一首

ちはやぶる　神代《かみよ》も聞かず　竜田川《たつたがは》《ワ》
唐紅《からくれなゐ》《イ》に　水くくるとは
（第十七首　在原業平朝臣《ありわらのなりひらあそん》）

注釈

ちはやぶる　「神」の枕《まくら》詞。

音読・暗唱のポイント

一・二句に意味のまとまりがあり、三句からが倒置《とうち》になっていることに気をつけて、紅葉《もみじ》で赤く染まった川を思い浮《う》かべて読んでみましょう。

現代語訳

不思議の多い神々の時代にも聞いたことはありませんよ。竜田川が色鮮やかな紅に、流れる水を絞《しぼ》り染めにするとは。

このたびは　ぬさもとりあへ《エ》ず　手向山《たむけやま》

もみぢ《ジ》の錦《にしき》　神のまにまに

（第二十四首　菅家《かんけ》）

注釈

このたび　この「度」と この「旅」の掛詞《かけことば》。

ぬさ　幣　神様への捧《ささ》げもの。

神のまにまに　神様の思いのままに。

音読・暗唱のポイント

掛詞「このたびは」の意味を頭に置いて、ゆったりと読みはじめ、美しい紅葉を神様に捧げようとする想いを、声にのせて音読しましょう。

現代語訳

今回の旅は急なことで、幣を用意する余裕《よゆう》もありませんでした。

とりあえずとなりますが、手向山の紅葉の錦をお供えしますので、お納めくださいませ。

人はいさ　心も知らず　ふるさとは

花ぞ昔の　香《か》ににほひ《オイ》ける

（第三十五首　紀貫之《きのつらゆき》）

注釈

いさ　さあ（どうでしょう）。

音読・暗唱のポイント

人の心はわからないもの……と、二句までの疑いを込《こ》めた始まりに、「それに比べて」と三句以降が読まれます。なじみの土地で花の香《かお》りに包まれる心地よさを思いながら読んでみましょう。

現代語訳

人の心というものはさあ、変わりやすく、わからないものですが……。ふるさとの花は変わらずに、その香《かお》りを漂《ただよ》わせてくれますよ。

大江山《おおえやま》　いく野の道の　遠ければ
まだふみもみず　天《あま》の橋立《はしだて》
（第六十首　小式部内侍《こしきぶのないし》）

注釈

いく野　「幾《いく》つもの野を行く」と地名「生野《いくの》」の掛詞。
ふみもみず　「踏《ふ》みもしていません」と、「文《ふみ》も見ていません」の掛詞。

音読・暗唱のポイント

歌人として有名なお母さん（和泉《いずみ》式部）に手紙で歌を作ってもらっているのでは？　という作者への失礼な疑いに対するお返しの歌です。いくつもの地名を折り込み、山～野～海という変化を、短い歌に込《こ》めている掛詞の絶妙《ぜつみょう》さを味わいながら、読んでみましょう。

現代語訳

大江山、生野……と多くの野山を越《こ》え行く道は、はるか遠いものですので、天の橋立の地を踏んだこともありませんし、手紙を見ることもありませんよ。

いにしへ《エ》の　奈良の都の　八重《やへエ》桜
けふ《キョウ》九重《ここのへエ》に　にほひ《オイ》ぬるかな
（六十一首　伊勢大輔《いせのたいふ》）

注釈

九重　宮中。
にほひ　色美しく咲く。

音読・暗唱のポイント

昔と今、八重と九重、そして奈良と京都という対比が、連続した時代をつなぐものとして描《えが》かれていることに思いをいたして、読んでみましょう。

現代語訳

旧都である奈良の都から献上《けんじょう》された八重桜が
いまはここ京都にある宮中で、色美しく咲いていることですよ。

解説

初級編でも取り上げられている『小倉百人一首』は、みなさんにも親しみ深い「かるた」の一つでしょう。お正月に歌かるたの競技会も開かれていますね。みなさんの家庭でも、かるた取りをする機会があるかもしれません。「百人一首」とは、文字どおり百人の歌人の歌を一首ずつ選んだ秀歌集《しゅうか》ですが、実はこの他にも「百人一首」は存在しています。小倉百人一首は、選者である藤原定家《ふじわらのさだいえ》が、京都小倉山荘《おぐらさんそう》のふすまに貼る色紙の制作を頼まれて、百人の歌を一首ずつ選んだことから、この名が付いているのです。天智《てんじ》天皇の「秋の田のかりほの庵《いほ》の」で始まる日本の和歌の代表作『小倉百人一首』に親しんで、古典の世界を味わってみましょう。

古事記

三重村《みへのむら》に到《いた》りし時に、亦《また》、詔《のりたま》ひしく、
「吾《あ》が足は、三重に勾《まが》れるが如《ごと》くして、甚《はなは》だ疲《つか》れたり」
とのりたまひき。
故《かれ》、其地《そこ》を号《なづ》けて三重と謂《い》ふ。
其《そこ》より幸行《いでま》して、能煩野《のぼの》に到りし時に、国を思《しの》ひて、歌
ひて曰《いは》く、
倭《やまと》は　国の真秀《まほ》ろば　たたなづく　青垣《あをかき》
山籠《やまごも》れる　倭し麗《うるは》し

注釈

詔ひしく……とのりたまひき　（会話をはさんでの呼応の言い方）……とおっしゃった。

故　そこで。

幸行して　さらに進まれて。

能煩野　三重県鈴鹿《すずか》山脈の野登山《ののぼりやま》のあたり。

倭は……　大和は国の中でもっともよいところです。重なり合った青い山々、その山にこもっている大和は、とても美しい。

音読・暗唱のポイント

ここでは、倭健命《やまとたけるのみこと》が国（大和）への思いを歌に託《たく》し、その美しさを歌い上げています。ひどく疲れた健は、残念ながら大和に至らずに亡《な》くなってしまいます。命尽きる前につづったこの歌に込《こ》められた思いを、声に出して読んで感じ取ってみましょう。

解説

『古事記』は、神話や伝承を記憶《きおく》し語り伝える「語り部」である稗田阿礼《ひえだのあれ》が語る話を、太安万侶《おおのやすまろ》が筆録した歴史書です。現存する日本最古の書物でもあります。天照大御神《あまてらすおおみかみ》が、天の岩戸にこもった事件「岩戸神話」や、須佐之男命《すさのおのみこと》による大蛇《たいじゃ》（八俣野遠呂智《やまたのおろち》）退治の話などを知っている人も多いでしょう。

源氏物語

紫式部《むらさきしきぶ》

きよげなる大人二人ばかり、さては童《わらは》《ワ》べぞ出《い》で入り遊ぶ。中に、十《とを》《オ》ばかりやあらむ《ン》と見えて、白き衣《きぬ》、山吹《やまぶき》などの萎《な》えたる着て走り来たる女子《をむなご》《オン》、あまた見えつる子どもに似るべう《ビョウ》もあらず、いみじく生《お》ひ《イ》先《さき》見えてうつくしげなる容貌《かたち》なり。髪《かみ》は扇《あふぎ》《オウ》をひろげたるやう《ヨウ》にゆらゆらとして、顔はいと赤くすりなして立てり。

「何事ぞや。童べと腹立ちたまへ《エ》るか」とて、尼君《あまぎみ》の見

注釈

十ばかりやあらむ　十歳《さい》くらいかと。

あまた見えつる子どもに似るべうもあらず　たくさん姿を見せている子どもたちとは比べものにならず。

いみじく生い先見えて　成長した折の様子がくっきりと思い浮《う》かんで。

赤くすりなして　手でこすって赤くして。

腹立ちたまへるか　けんかをなさったのですか。

尼君の見上げたるに、すこしおぼえある　その尼君が見上げた顔立ちに、少し似

上げたるに、すこしおぼえたるところあれば、子《ナン》なめり《メリ》と見たまふ《ウ》。「雀《すずめ》の子を犬君《いぬき》が逃《に》がしつる、伏籠《ふせご》の中《うち》に籠《こ》めたりつるものを」とて、いと口《くち》惜《を》《オ》しと思へ《エ》り。

子なめり　その尼の娘《むすめ》なのかな。

いと口惜しと思へり　とても残念そうにしている。

た。

音読・暗唱のポイント

この場面は、光源氏が、後の妻となる紫の上（若紫）に出会う場面です。若紫は「遊び友だちの犬君が、竹籠《かご》の中に入れておいた雀を逃がしてしまった」と、尼君に訴えています。その場にいる子どもたちの中でひときわ目立つかわいらしさと、幼子らしい無邪気《むじゃき》さをよく描写《びょうしゃ》している文章です。場面の情景を思い浮《う》かべながら、会話の部分も意識して読んでみましょう。

解説

『源氏物語』は、日本のみならず、当時の世界文学の中でも最高峰《ほう》の小説といわれています。紫式部の描《えが》いた光源氏を中心とする物語は、華《はな》やかな王朝の日々の生活とともに、「もののあは《わ》れ」の心を、今に生きる私たちにも伝えてくれます。

風《ふう》姿《し》花《か》伝《でん》

世《ぜ》阿《あ》弥《み》

経《きやう》《キョウ》に云《い》は《ワ》く、「善《ぜん》悪《あく》不《ふ》二《に》、邪《じや》《ジャ》正《しやう》《ショウ》一《いち》如《によ》《ニョ》」とあり。本来よりよき・悪《あ》しきとは、何を以《も》て定むべきや。ただ、時によりて、用足《た》る物をばよき物とし、用足らぬを悪しき物とす。この風体《ふうてい》の品々《しなじな》も、当世の数人《しゆにん》《シュ》、所々《しよしよ》《ショショ》にわたりて、その時のあまねき好みによりて取り出《い》だす風体、これ、用足るための花なるべし。

注釈

善悪不二、邪正一如　善と悪とは二つのものではない。邪と正も同じものとも言える。

この風体の品々も　能の芸の数々も。

当世の数人　今の世の大勢の観客。

その時のあまねき好み　その折々の多種多様な好み。

音読・暗唱のポイント

この部分は、「善と悪」という二つのものを、対立した別々のものとしては考えず、ものごとをより高い位置から全体的に見ることを教えています。このあと「人々心々《にんにんこころごころ》の花なり」と、人ぞれぞれに「花」が異なり、そのいずれもが貴重な「花」なのであって、どれが真実の「花」であるかという区別はできない、と世阿弥は続けます。句読点に従って、意味のまとまりをとらえながら、繰《く》り返し音読し、世阿弥の言うところを考えてみましょう。

解説

『風姿花伝』は、室町時代に成立した能の稽古《けいこ》の心得とその美を、「花」という言葉によって説いている書物です。能の大成者である世阿弥によって記されたこの書物は、現代に生きる私たちにも多くの大切なことを教えてくれます。

独《ど》楽《らく》吟《ぎん》

橘《たちばな》曙《あけ》覧《み》

たのしみは珍《めづら》しき書《ふみ》人にかり始め一《ひと》ひらひろげたる時

たのしみは妻《め》子《こ》むつまじくうちつどひ《イ》頭《かしら》ならべて物をくふ《ウ》時

たのしみは空暖かにうち晴れし春秋《はるあき》の日に出《い》でありく時

たのしみは朝おきいでて昨日《きのふ》《ウ》まで無かりし花の咲ける見る時

たのしみはそぞろ読みゆく書《ふみ》の中に我とひとしき人をみし時

たのしみは昼寝せしまに庭ぬらしふりたる雨をさめてしる時

たのしみは三人《みたり》の児《こ》どもすくすくと大きくなれる姿みる時

（『志濃夫廼舎《しのぶのや》歌集』）

注釈

出てありく　あちこち外出する。

そぞろ　なんとなく。当てもなく。

音読・暗唱のポイント

どの歌も、「たのしみは」で始まり「……（する）時」で終わっています。作者は平凡《へいぼん》な日常生活の中にささやかな幸せを見出《いだ》し、その気持ちを素直《すなお》に歌にしています。作者の思いや詠《よ》まれた風景を想像しながら、楽しげに、大らかな気持ちで読みましょう。

解説

和歌といえば、小倉百人一首の歌や『万葉集』、平安時代の『古今和歌集』、鎌倉時代の『新古今和歌集』に収められている歌を真っ先に思い浮かべるかもしれませんが、室町時代以降も和歌の伝統は脈々と受け継《つ》がれてきました。橘曙覧（一八一二〜一八六八）は、江戸時代末期の歌人・国学者です。無欲で質素な暮らしの中で、子どもの成長や食事風景など平凡な日常生活の一こまや身近な自然に触《ふ》れたささやかな喜びを、ありのまま歌に詠んでいます。彼の歌は、近代短歌の先駆《さきが》けとして高く評価されています。

うひ《イ》やまぶみ

本《もと》居《をり》宣《のり》長《なが》

せんずるところ学問は、ただ年月長くうまずおこたらずして、はげみつとむるぞ肝要《かんよう》にて、学びやう《ヨウ》は、いかやう《ヨウ》にてもよかるべく、さのみかかは《ワ》るまじきこと也《なり》。いかほど学びかたよくても、怠りてつとめざれば、功《いさをし》はなし。

――（中略）

才のともしきや、学ぶことの晩《おそ》きや、暇《いとま》のなきやによりて、思ひ《イ》くづ《ズ》を《オ》れて、止《やむ》る事《こと》なかれ。

注釈

せんずるところ　結局の所。
うまずおこたらず　あきず、怠《なま》けずに。
学びやうは、いかやうにてもよかるべく　学び方はどのようでもよいであろうし。
さのみかかはるまじきこと也　そうこだわるべきことではない。
才のともしきや　才能の乏《とぼ》しいことや。
学ぶことの晩きや　晩学であることや。
思ひくづをれて　意気がなえてしまって。
止る事なかれ　学ぶことを

とてもかくても、つとめだにすれば、出来《でき》るものと心得《う》べし。すべて思ひ《イ》くづ《ズ》を《オ》るるは、学問に大《おほき》《オ》にきらふ《ウ》事ぞかし。

やめてはいけない。

学問に大にきらふ事ぞかし 学問する上では非常にふさわしくないものなのだ。

音読・暗唱のポイント

『うひやまぶみ』は国学の入門書であり、学問に志す者の心構えを学ぶことができます。ここに記された内容は、みなさんが日々取り組んでいる勉強の励みにもなるでしょう。落ち着いた心をもって何度も音読し、折にふれて思い浮かべ、みなさん自身の力にしていってください。

解説

『うひやまぶみ』の著者である本居宣長は、江戸時代に活躍《かつやく》した偉大《いだい》な学者、医師、教育者です。『源氏物語』の本質を「もののあはれ」にあると説いたのも宣長でした。賀茂真淵《かものまぶち》を生涯《しょうがい》の師と仰《あお》ぎながらも、同時に「師の説に執着《しゅうちゃく》してはいけない」と、次のように説いています。

「後によき考へ《エ》の出で《い》きたらんには、必ずしも師の説にたがふ《う》とて、なはばかりそ（後によりよい考えが出てきたようなときには、先生の説と違《ちが》うようなことがあっても、決してその考えを採用することを遠慮してはいけない）」

漢文編

漢文の名言・名句は、短いフレーズで、生きるための指針を簡潔に言い表しています。また、漢詩は、対句や韻《いん》によって、心地よいリズムや音の響《ひび》きを作り出しています。そして、時に中国の広大な情景を目の前に繰《く》り広げてくれることもあります。ぜひ、漢文を声に出して読んでみてください。きっと、目で追うだけでは味わえない漢文の世界を味わうことができるでしょう。

春夜《しゅんや》

蘇軾《そしょく》

春宵《しゅんしょう》一刻《いっこく》　直千金《あたいせんきん》
花《はな》に清香《せいこう》有《あ》り　月《つき》に陰《かげ》有《あ》り
歌管《かかん》　楼台《ろうだい》　声細細《こえさいさい》
鞦韆《しゅうせん》　院落《いんらく》　夜沈沈《よるちんちん》

春宵一刻直千金
花ニ有リ㆓清香㆒月ニ有リ㆑陰
歌管楼台声細細
鞦韆院落夜沈沈

（蘇軾《そしょく》詩集）

音読・暗唱のポイント

「花有㆓清香㆒」と「月有㆑陰」、「歌管楼台声細細」と「鞦韆院落夜沈沈」は対《つい》になっています。対応する言葉を意識して、静かな春の夜を想像しながら読んでみましょう。

語句

春宵　春の夜。
陰　光。
歌管　歌声や笛の音。
楼台　たかどの。二階以上の建物。
細細　細くかすかな様子。
鞦韆　ぶらんこ。春、高い木の枝に五色の縄《なわ》をつり下げて行う女の子の遊び。
院落　中庭の片隅《かたすみ》。
沈沈　静かに夜が更《ふ》けていくさま。

現代語訳

春の夜

春の夜はほんの短い時間も千金の価値がある
花には清らかな香《かお》りがあり　月には光がある
たかどのから聞こえていた歌声や笛の音も（今では）細くかすかになった

（昼間、女の子たちが乗ってにぎやかだった）ぶらんこのある中庭の片隅は（人けもなく）静かに夜が更けていく

解説

春の夜には千金の値打ちがあります。暖かくなったとはいえ、まだ冷たく冴《さ》えた空気の中、皎々《こうこう》と差し込んでくる月の光。美しく咲く花は、暗くて見えなくても、清らかな香りから、そのありかを知ることができます。一方、先ほどまで歌や笛でにぎやかだった、たかどのでの宴《うたげ》も終わりに近づき、かすかな音しか聞こえなくなりました。ふと庭を見ると、そこにはぽつんとぶらんこが取り残されています。それは昼間、少女たちが笑い声をあげながら楽しそうに遊んでいたぶらんこでした。春の夜は、こうしてすべてを包み込むように、静かにゆっくりと更《ふ》けていくのでした。

山行《さんこう》

杜牧《とぼく》

遠《とお》く寒山《かんざん》に上《のぼ》れば　石径《せっけい》斜《なな》めなり
白雲《はくうん》生《しょう》ずる処《ところ》　人家《じんか》有《あ》り
車《くるま》を停《とど》め　坐《そぞ》ろに愛《あい》す　楓林《ふうりん》の晩《くれ》
霜葉《そうよう》は　二月《にがつ》の花《はな》よりも紅《くれない》なり

遠ク上レバ二寒山ニ一石径斜メナリ
白雲生ズル処有リ二人家一
停メレ車ヲ坐ロニ愛ス楓林ノ晩
霜葉ハ紅ナリ二於二月ノ花ヨリモ一

（三体詩）

音読・暗唱のポイント

場面が転換《てんかん》する三句目で、一呼吸入れて読み方を変えてみましょう。また、最後の一句は、ゆっくりと気持ちを込《こ》めて読んでみましょう。

語句

山行　山歩き。
寒山　木の葉が落ち、人けもなくものさびしくなった、秋から冬にかけての山。
石径　石の多い小道。径は小道。
坐　なんとなく。何とはなしに。自然と。
霜葉　霜《しも》にあたって紅葉した木の葉。
二月花　旧暦《きゅうれき》二月（今の三月中旬ごろ）に咲《さ》く花。

現代語訳

山歩き
遠くものさびしくなった晩秋の山に登っていくと　石ころの多い小道は斜めに続き
白雲が生じる山の嶺のあたりには人家が見える
車を止めて　何とはなしに（夕日に映《は》える）夕暮れの楓《かえで》の林を眺《なが》め楽しむ
霜にあたって紅葉した楓の葉は二月に咲く桃《もも》の花などよりも紅《あか》いことであった

解説

秋の終わり、人けのなくなった山を歩いている途中《とちゅう》、白い雲が浮《う》かぶ山の嶺に、人が住む家を見つけたのでした。それは、世の中の人と交際を絶って、ひっそりと生活している隠者《いんじゃ》の住まいかもしれません。「白雲」は隠者の象徴《しょうちょう》でもあるからです。

作者は、車を止めて真っ赤に染まった楓の紅葉の美しさに目をとめます。霜にうたれて色づいた楓の葉は、二月に咲く桃の花などよりも、さらに赤いと感じたのでした。春の花と秋の紅葉という全く違《ちが》うものを比較《ひかく》して詠《よ》んだところに、この詩の意外性があり、素晴《すば》らしさがあります。

さらに「白雲」と「紅葉」の鮮《あざ》やかな色の対比が、この詩に色彩《しきさい》の美しさを加えています。

黄鶴楼《こうかくろう》にて孟浩然《もうこうねん》の広陵《こうりょう》に之《ゆ》くを送《おく》る

李白《りはく》

黄鶴楼ニテ送ル三孟浩然ノ之クヲ二広陵ニ一

故人《こじん》　西《にし》のかた　黄鶴楼《こうかくろう》を辞《じ》し
煙花《えんか》　三月《さんがつ》　揚州《ようしゅう》に下《くだ》る
孤帆《こはん》の遠影《えんけい》　碧空《へきくう》に尽《つ》き
惟《た》だ見《み》る　長江《ちょうこう》の天際《てんさい》に流るるを

故人西ノカタ辞シ二黄鶴楼ヲ一
煙花三月下ル二揚州ニ一
孤帆ノ遠影碧空ニ尽キ
惟ダ見ル長江ノ天際ニ流ルルヲ

（唐詩選）

音読・暗唱のポイント

前半は、親友との別れを惜《お》しむ気持ちで読みましょう。後半は親友が去ってしまった寂《さび》しい気持ちを出すように読んでみましょう。

語句

黄鶴楼 今の湖北省武漢市の長江《ちょうこう》のほとりにある高い建物。
広陵 揚子江《ようすこう》の下流の商業都市の名。揚州。
故人 昔からの友人。ここでは、孟浩然を指す。
煙花 春がすみにつつまれて咲《さ》く花々。
孤帆 一隻《せき》の帆《ほ》掛《か》け船。
碧空 真っ青な空。
天際 天の果て。

現代語訳

黄鶴楼で孟浩然が広陵に行くのを見送る
昔からの友人（である孟浩然）が、西にある黄鶴楼を出発して
春がすみにつつまれて花々が咲いている三月　揚州へと下っていく
（黄鶴楼から眺《なが》めると）一隻の帆掛け船の遠くにある影《かげ》が、真っ青な空に消えていき
ただ長江が天の果てに流れていくのが見えるだけである

解説

この詩は、舟で長江を下って揚州にいく親友の孟浩然を、李白が黄鶴楼から見送ったときの詩です。孟浩然（六八九―七四〇）は盛唐の詩人で李白（七〇一―七六二）より十二歳《さい》も年上でした。

春の花々が咲き乱れる春たけなわの三月（今の四月下旬《げじゅん》ごろ）、孟浩然は、商業と文化の中心地である揚州に向けて出発します。李白はそれを黄鶴楼からずっと見送るのです。舟が川の流れにしたがって、次第《しだい》に小さくなり、ついには、青空の果て、水平線のかなたに消えていき、見えなくなっても、まだ長江の流れを見つめ続けるのです。親友、孟浩然に対する李白の深い思いが感じられる詩です。

春望《しゅんぼう》

杜甫《とほ》

国《くに》破《やぶ》れて　山河《さんが》在《あ》り
城春《しろはる》にして　草木《そうもく》深《ふか》し
時《とき》に感《かん》じては　花《はな》にも涙《なみだ》を濺《そそ》ぎ
別《わか》れを恨《うら》んでは　鳥《とり》にも心《こころ》を驚《おどろ》かす
烽火《ほうか》　三月《さんげつ》に連《つら》なり
家書《かしょ》　万金《ばんきん》に抵《あ》たる
白頭《はくとう》掻《か》けば更《さら》に短《みじか》く
渾《す》べて簪《しん》に勝《た》へざらんと欲《ほっ》す

国破レテ山河在リ
城春ニシテ草木深シ
感ジテハレ時ニ花ニモ濺ギレ涙ヲ
恨ンデハレ別レヲ鳥ニモ驚カスレ心ヲ
烽火連ナリ二三月ニ一
家書抵タル二万金ニ一
白頭掻ケバ更ニ短ク
渾ベテ欲スレ不ラントレ勝ヘレ簪ニ

（唐詩三百首1）

音読・暗唱のポイント

六句目までは二句ずつが対《つい》になっています。各句を原文の二字、三字で切りながら、リズムよく読んでみましょう。戦争や家族との別れに対してなすすべもない悲しさ、老いに向かう作者の嘆《なげ》きを想像しながら、読みましょう。

語句

春望 春の眺《なが》め

国破 安禄山《あんろくざん》の乱によって、国の都、長安が破壊《はかい》されたこと。

城 城壁《じょうへき》に囲まれた街。長安の街を指す。

烽火 のろし。ここでは、戦乱の象徴《しょうちょう》。

家書 家族からの手紙。家族は鄜州《ふしゅう》に疎開《そかい》していた。

渾 全く。

簪 冠《かんむり》をとめるかんざし。当時、役人は必ず冠をつける習わしであった。

春の眺め

現代語訳

長安の都は（戦乱のために）破壊され尽《つ》くしたが　山や川はかつての姿をとどめている
長安の町には春が訪れ　草木が生《お》い茂《しげ》っている
時の移り変わりに　花を見ても涙《なみだ》を流し
家族との別れを悲しんでは　鳥の声にも胸を突《つ》かれる
のろしの火があがる戦乱は　三か月も続き
家族からの手紙は　万金にも値《あたい》する
白髪《しらが》頭をかくと　さらに髪《かみ》は薄《うす》くなり
全くかんざしさえさせなくなろうとしている

解説

七五五年、唐《とう》の都長安で、安禄山《あんろくざん》が反乱を起こし、玄宗皇帝《げんそうこうてい》は皇位を息子に譲《ゆず》り、敗走しました。杜甫は新皇帝のもとに駆《か》けつけようとしましたが、途中賊軍《とちゅうぞくぐん》に捕《と》らえられ、長安に軟禁《なんきん》されてしまいます。この詩は、七五七年、杜甫四十六歳《さい》の時に詠《よ》まれたものです。

戦乱のために破壊された長安にも、春はいつもどおりやって来ます。はかない人の世に比べ、自然はなんと永久不変なのでしょう。しかし、この時の杜甫は、いつもは美しいと感じる花を見ても、心をなごませてくれる鳥の声を聞いても、悲しみを誘《さそ》われてしまいます。だからこそ、戦争が続く中、離《はな》れ離れになった家族からの手紙は、杜甫をどんなに慰《なぐさ》めてくれたことでしょう。戦乱の緊張《きんちょう》の中で急速に肉体の衰《おとろ》えを感じる杜甫。そこには、国家の危機に直面し、なすすべもない自分に対する嘆《なげ》きや憤《いきどお》りがあります。この詩は、松尾芭蕉《まつおばしょう》が『奥《おく》の細道』に、冒頭《ぼうとう》二句を引用したことでも有名です。

酒《さけ》を勧《すす》む

于《う》武《ぶ》陵《りょう》

君《きみ》に勧《すす》む　金《きん》屈《くつ》巵《し》
満《まん》酌《しゃく》　辞《じ》するを須《もち》いず
花《はな》発《ひら》きて　風《ふう》雨《う》多《おお》し
人《じん》生《せい》　別《べつ》離《り》足《た》る

勧《ム》レ酒《ヲ》

勧《ム》レ君《ニ》金屈巵
満酌不レ須《イ》レ辞《スルヲ》
花発《キテ》多《シ》二風雨一
人生足《ル》二別離一

（唐詩選）

音読・暗唱のポイント

前半は、楽しく酒を飲む様子を「金屈卮」や「満酌」を強調して、読んでみましょう。後半は、この楽しさもつかの間だという気持ちを「風雨」「別離」を強調して、読んでみましょう。

語句

金屈卮　曲がった把手《とって》がついている黄金の大きな杯《さかずき》。
満酌　なみなみと注がれた酒。
不レ須　〜する必要はない。
辞　辞退する。
足　いっぱいある。多い。

現代語訳

酒を勧む

君に勧めよう　この黄金の杯を
なみなみと注いだ酒を　遠慮《えんりょ》しないでくれ
花が咲《さ》くと　風雨が多く
人生も　別れが多いのだから

解説

この詩は、心ゆくまで酒を飲もうではないかと友に酒を勧める詩です。「金屈巵」という黄金の豪華《ごうか》な杯になみなみと酒を注ぎ、「さあ、飲んでくれ」と友に勧めます。「金」「満」という字が、この楽しい酒宴《しゅえん》の雰囲気《ふんいき》をよく表しています。しかし、楽しいことはいつまでも続くものではありません。楽しさが頂点に達すると「これもいつかは終わるのだろう」という悲しい気持ちが出てきます。満開の花も花を散らす嵐《あらし》がつきものであるように、友と酒を飲む楽しみにも、終わりがあり、やがて二人は別れ別れになるのです。だからこそ、酒を酌《く》み交《か》わしている今を、存分に楽しもうと言っているのです。

なお、この詩には井伏鱒二《いぶせますじ》の名訳があります。

コノサカヅキヲ受ケテクレ
ドウゾナミナミツガシテオクレ
ハナニアラシノ　タトヘモアルゾ
「サヨナラ」ダケガ人生ダ
（『厄除《やくよ》け詩集』）

巧言令色《こうげんれいしょく》、鮮《すくな》し仁《じん》。

巧言令色、鮮《シ》矣仁。

（『論語』）

現代語訳

口先だけうまく、顔つきだけよくする者には、人をいつくしみ思いやる心は、ほとんどない。

音読・暗唱のポイント

一語一語を歯切れよく、リズミカルに読んでみましょう。

解説

「仁」は、人をあわれみいつくしむ心、思いやりという意味で、孔子《こうし》が重要視した徳目です。孔子は、「巧言」つまり、口先だけで心にもないお世辞を言ったり、「令色」つまり、愛想よく人に気に入られるように取りつくろったりする人を、とても嫌《きら》いました。『論語』には「巧言」を非難した言葉が繰《く》り返し出てきます。

これに対し、孔子が仁を備えた真の人格者と考えたのは、口が重く愛想のない人でした。『論語』の中に「剛毅木訥《ごうきぼくとつ》、仁に近し。」（意志が強く、素朴《そぼく》で口べたな人こそ、仁に近い）という言葉があります。相手に対する思いやりがあるからこそ、強くなるのでしょう。孔子は、うわべを飾《かざ》るよりも、まず内面を磨《みが》き、精神をしっかりさせることが「仁に近い」と考えたのでした。

風林火山

其《そ》の疾《はや》きこと風《かぜ》のごとく、
其《そ》の徐《しず》かなること林《はやし》のごとく、
侵掠《しんりゃく》すること火《ひ》のごとく、
動《うご》かざること山《やま》のごとし。

其ノ疾キコト如レク風ノ、
其ノ徐カナルコト如レク林ノ、
侵掠スルコト如レク火ノ、
不レルコト動カ如レシ山ノ。

（『孫子』）

音読・暗唱のポイント

兵の動きのこつをたとえで示した「風」、「林」、「火」、「山」。これらの言葉を、それぞれ強調して読んでみましょう。

現代語訳

兵が移動する速さは風のように、
兵が動きを止める静かさは林のように、
侵入《しんにゅう》し攻撃するときは火のように、
動かず防御《ぼうぎょ》するときは山のように。

解説

この言葉は「風林火山」と言われ、日本の戦国時代の武将、甲斐《かい》の国の武田信玄《たけだしんげん》が、自分の軍の旗に記したものとして有名です。これは中国の春秋時代、呉《ご》の国に仕えていた孫武《そんぶ》によって書かれた最も古い兵法書である『孫子』にもとづいたものです。兵が移動したり、止まったり、攻撃したり、防御したりする時のこつを、たとえを用いて、簡潔に述べています。この言葉の前には「戦いに勝つには相手の裏をかき、自分に有利になるよう物事をよく見計らった上で、臨機《りんき》応変に行動しなさい」という一節があります。『孫子』の兵法の中心は「敵を欺《あざむ》くこと」（兵は詭道《きどう》なり）でした。たとえば、近くにいながら遠くにいると見せかけるような行動です。武田信玄も、そのような戦《いくさ》の仕方を参考にしたのでした。

桃李《とうり》言《い》はざれども、
下《した》自《おのずか》ら蹊《みち》を成《な》す。

桃李不レドモㇾ言ハ、
下自ラ成スㇾ蹊ヲ。

（史記《しき》）

現代語訳

桃《もも》や李《すもも》は何も言わないが、木の下には自然と小道ができる。

音読・暗唱のポイント

この格言の要点である「下自ら蹊を成す」を強調して読んでみましょう。

解説

「李」はすもものことで、甘酸《あまず》っぱい実をつける桃に似た果樹です。

この句は桃や李は何も言わないけれども、多くの人が美しい桃の花を眺《なが》めに来たり、おいしい李の実をとりに来るので、木の下には自然と小道ができるという意味です。これと同じように、徳のある人のところには、自分が求めなくても、その徳を慕《した》って多くの人が自然に集まって来るということを述べています。

漢の時代に『史記』という本を書いた司馬遷《しばせん》は、この言葉を用いて、李広《りこう》という弓矢の才能をもった名将軍をほめたたえました。李広は北方の遊牧民族匈奴《きょうど》と七十余回も戦い、部下の将兵たちからも、とても信頼《しんらい》されていた将軍でした。しかし、漢王朝は彼に死を命じました。司馬遷は「私が李将軍を見たところ、実直で田舎の人のようで、口べたであった。彼が自殺した日には、知っている人も知らない人も、みな彼《かれ》のために哀悼《あいとう》の意を尽《つ》くした。彼の忠実な心が、誠《まこと》に臣下たちに信頼されていたからである」と述べ、続きにこの言葉を引用したのでした。

死《し》せる孔明《こうめい》　生《い》ける仲達《ちゅうたつ》を走《はし》らす。

死《セル》孔明　走《ラス》㆓生《ケル》仲達《ヲ》㆒。

（『十八史略　上』）

現代語訳

死んだ孔明が、生きている仲達を逃走《とうそう》させた。

音読・暗唱のポイント

死んだ者が生きている者を逃走させることなどあり得ないという気持ちを込《こ》めて「死せる」と「生ける」を強調して読んでみましょう。

解説

孔明（＝諸葛亮《しょかつりょう》）は、三国時代の蜀《しょく》の軍師です。よく劉備《りゅうび》を助け、赤壁《せきへき》の戦いでは、呉《ご》の周瑜《しゅうゆ》とともに、曹操《そうそう》が率いる魏《ぎ》の大軍を破り、名軍師ぶりを発揮《はっき》しました。一方、仲達（＝司馬懿《しばい》）は、曹操に用いられた魏の武将で、しばしば蜀の孔明と戦っています。この名言は、劉備亡《な》きあと、数回にわたり魏を攻めた孔明が、志半ばにして、五丈原《ごじょうげん》の陣中《じんちゅう》で病没《びょうぼつ》したときのものです。孔明の死を聞いた仲達は、蜀軍が五丈原から撤退し始めたのを追撃《ついげき》しようとしました。しかし、蜀軍が旗の向きを変え、反撃して来るのを見た仲達は、またしても孔明の策略かと思い、追撃をやめたのでした。後に仲達は「生きている者のすることは見当がつくが、死んだ者のすることは見当がつかない」と言っています。孔明は死んでもなお、仲達を逃走させるほどの知恵と軍略をもった人物でした。

苛《か》政《せい》は虎《とら》よりも猛《もう》なり。

苛政ハ猛二於虎一ヨリモ也。

（礼記）

現代語訳

きびしくむごい政治は、虎よりも恐《おそ》ろしい。

音読・暗唱のポイント

「虎よりも」を強調し、恐ろしいという気持ちを込《こ》めて、読んでみましょう。

解説

あるとき、孔子《こうし》が、墓の前で声をあげて泣いている婦人に出会いました。婦人は、舅《しゅうと》も夫も息子も、虎に食われて死んだと言います。それではどうしてここを去らないのかと尋《たず》ねると、ここには厳しい税の取り立てがないからだと答えます。虎は、昔の中国で最も恐れられた猛獣《もうじゅう》です。しかし、厳しい税の取り立てや強制労働・兵役《へいえき》などに比べると、虎に食われるほうがまだましだというのです。孔子が理想としたのは、徳をもって人々を治め、人民をいつくしむ政治です。厳しくむごい政治である「苛政」は孔子の嫌《きら》うところでした。これを聞いた孔子は、弟子たちに、この言葉をよく覚えておくようにと言ったのでした。

出典一覧

■現代文

「吾輩は猫である」　夏目漱石『少年少女日本文学館第27巻』講談社（一九八八年）

「野菊の墓」　島崎藤村・国木田独歩・伊藤左千夫『少年少女日本文学館第3巻』講談社（一九八七年）

「伊豆の踊子」　川端康成『愛と青春の名作集　伊豆の踊子・雪国』旺文社（一九九七年）

「銀河鉄道の夜」　宮沢賢治『少年少女日本文学館第10巻』講談社（一九八五年）

「島」　神保光太郎『少年少女日本文学選集29　現代詩集』あかね書房（一九五六年）

「落葉松」　渋沢孝輔『ジュニア版　目で見る日本の詩歌6　近代の詩［一］』TBSブリタニカ（一九八二年）

「小諸なる古城のほとり」　十川信介『鑑賞日本現代文学4　島崎藤村』角川書店（一九八二年）

「荒城の月」　渋沢孝輔『ジュニア版　目で見る日本の詩歌6　近代の詩［一］』TBSブリタニカ（一九八二年）

短歌四首　大岡信『少年少女日本文学館第8巻』講談社（一九八七年）

俳句四句　『学習　俳句・短歌歳時記』1〜4　国土社（二〇〇四年）

■古文

おくのほそ道「立石寺」　『新編日本古典文学全集71』小学館（一九九七年）

平家物語「福原落」　『新編日本古典文学全集46』小学館（一九九四年）

徒然草　第八十九段　『新編日本古典文学全集44』小学館（一九九五年）

枕草子　第二〇七段　『新編日本古典文学全集18』小学館（一九九七年）

古事記　『新編日本古典文学全集1』小学館（一九九七年）

源氏物語　『新編日本古典文学全集20』小学館（一九九四年）

風姿花伝　『新編日本古典文学全集88』小学館（二〇〇一年）

志濃夫廼舎歌集「独楽吟」　『日本古典文学大系93』岩波書店（一九六六年）

うひやまぶみ　『本居宣長』（日本思想大系40）岩波書店（一九七八年）

■漢文

蘇軾「春夜」　『蘇軾・下』（中国詩人選集第二集）岩波書店（一九六二年）

杜牧「山行」　『古文真宝・唐詩選・三体詩』（漢文大系第二巻）冨山房（一九一〇年）

李白「黄鶴楼にて孟浩然の広陵に之くを送る」　『唐詩選』（新釈漢文大系19）明治書院（一九六四年）

杜甫「春望」　『唐詩三百首1』（東洋文庫）平凡社（一九七三年）

于武陵「酒を勧む」　『唐詩選』（新釈漢文大系19）明治書院（一九六四年）

「巧言令色、鮮し仁」　『論語』（新釈漢文大系1）明治書院（一九六〇年）

「風林火山」　『孫子・呉子』（新釈漢文大系36）明治書院（一九七二年）

「桃李言はざれども、下自ら蹊を成す。」　『史記』（新釈漢文大系91）明治書院（二〇〇四年）

「死せる孔明　生ける仲達を走らす。」　『十八史略　上』（新釈漢文大系20）明治書院（一九六七年）

「苛政は虎よりも猛なり。」　『礼記　上』（新釈漢文大系27）明治書院（一九七一年）

著者

筑波大学附属中学校国語科

執筆者（平成二四年三月現在）

■現代文

岡田　幸一（おかだ・こういち）…筑波大学附属中学校

■古文

秋田　哲郎（あきた・てつろう）…筑波大学附属中学校

飯田　和明（いいだ・かずあき）…筑波大学附属中学校

五味貴久子（ごみ・きくこ）………筑波大学附属中学校

■漢文

六谷　明美（ろくたに・あけみ）…東京学芸大学附属高等学校

音読・暗唱テキスト　シリーズ

■声に出して読む文学〔初級〕

現代文

・やまなし／宮沢賢治
・くもの糸／芥川龍之介
・かえるとたまごととっくり／松谷みよ子
・二十一世紀の君たちへ／司馬遼太郎
・雨ニモマケズ／宮沢賢治
・えらいこっちゃ／畑中圭一
・夏の忘れもの／高田敏子
・てんてんのうた／くどうなおこ
・黄金の魚―クレー／谷川俊太郎
・夕焼け／吉野弘

古文

・俳句
　松尾芭蕉・小林一茶
・百人一首
・因幡の白兎／『古事記』
・こぶとりじいさん／『宇治拾遺物語』
・『竹取物語』

■「声に出して読む」ということ〔上級〕

現代文

・牛飼が／短歌八首
　伊藤左千夫／長塚節／北原白秋／寺山修司
・桐一葉／俳句八句
　高浜虚子／河東碧梧桐／種田山頭火／山口誓子
・訳詩集『海潮音』上田敏訳
　山のあなた／カアル・ブッセ
　春の朝／ロバアト・ブラウニング
　落葉／ポオル・ヴェルレエヌ
・君死にたまふことなかれ／与謝野晶子
・竹／萩原朔太郎
・作品第肆／草野心平
・たけくらべ／樋口一葉
・武蔵野／国木田独歩

古文

・東歌・防人歌（四首）
・三夕のうた（三首）
・今様歌をうたう（三首）

・『平家物語』
・『枕草子』
・『徒然草』
・『土佐日記』
・狂言『附子』

漢文

・春暁／孟浩然
・江雪／柳宗元
・良薬は口に苦けれども、病に利あり／『孔子家語』
・心焉に在らざれば、視れえども見えず、聴けども聞けず、食らえども其の味を知らず／『大学』
・学びて思はざれば、則ち罔し。思ひて学ばざれば、則ち殆し／『論語』
・鶏口牛後／『史記』
・百聞は一見に如かず／『漢書』
・虎穴に入らずんば、虎視を得ず／『後漢書』

・やまとうたは／『古今和歌集』仮名序
・西の対に住む人／『伊勢物語』
・斎垣を越えて／『源氏物語』
・短連歌で愛をかわす／『和泉式部日記』
・思いを託して／『平家物語』
・夏草や兵どもが夢の跡／『おくのほそ道』
・一芸一能だからこそ／『鶉衣』

漢文

桃の夭夭たる／無名氏「桃夭」
車轔轔　馬蕭蕭／杜甫「兵車行」
馬を走らせて　西来　天に到らんと欲す／岑参「磧中作」
別れに臨みて　殷勤に重ねて詞を寄す／白居易「長恨歌」
中たらずと雖も遠からず／『大学』
百戦殆ふからず／『孫子』
学ぶに暇あらずと謂ふ者は／『淮南子』
之を知るを之を知ると為す／『論語』
春夜桃李園に宴するの序／李白
コラム

音読・暗唱テキスト　中級

音読・暗唱三〇選

声に出して味わう・楽しむ文学の世界

二〇一二（平成二四）年四月　一日　初版第1刷
二〇二四（令　和　六）年四月一二日　初版第5刷

著　者◎筑波大学附属中学校　国語科
発行者◎錦織圭之介
発行所◎株式会社　東洋館出版社
〒一〇一―〇〇五四　東京都千代田区神田錦町二丁目九番一号
コンフォール安田ビル二階
代　表　電話：〇三―六七七八―四三四三　FAX：〇三―五二八一―八〇九一
営業部　電話：〇三―六七七八―七二七八　FAX：〇三―五二八一―八〇九二
振替　00180-7-96823
URL　https://www.toyokan.co.jp

装　幀◎飯塚文子
印刷製本◎藤原印刷株式会社

ISBN978-4-491-02639-8 / Printed in Japan